1874 .. Février .. 9

VENTE : LUNDI 9 FÉVRIER 1874

CATALOGUE

DES

PLUS BEAUX LIVRES

IMPRIMÉS ET DES MANUSCRITS

DU CABINET DE M. M....

EXPOSITION LE DIMANCHE 8 FÉVRIER 1874

DE 2 HEURES A 5 HEURES

DÉCRÉTALES, manuscrits sur vélin, du XIIIe siècle ; — HORÆ, manuscrits sur vélin, avec miniatures ; — EUSEBII CHRONICA, manuscrits sur vélin ; — BIBLE DE ROYAUMONT, édition originale ; — Les Évangiles, publiés par Curmer ; — HEURES DE HARDOUYN, imprimées sur vélin ; — ORAISONS FUNÈBRES DE BOSSUET, éditions originales ; — CALVIN, Rudimenta fidei christianæ ; — HISTOIRE DES ÉGLISES RÉFORMÉES par Théodore de Bèze ; — GALIEN, in-folio, exemplaire de CANEVARIUS ; — FIGURES de Freudenberg pour l'Heptameron ; — HORATIUS, édition gravée 1er tirage ; — CLÉMENT MAROT, *Lyon, Estienne Dolet*, petit in-8° ; — RONSARD, 1592 et 1617 ; — CONTES DE LA FONTAINE, 1762 ; — FABLES DE LA FONTAINE, de Simon et Coiny, 1er tirage ; — CHOIX DE CHANSONS de La Borde, *exemplaire non rogné* ; — FABLES de Dorat, grand papier de Hollande ; — ALFRED DE MUSSET, 10 vol. in-4° ; — PÉTRARQUE, 1581, belle reliure du temps ; — ŒUVRES DE CORNEILLE, 1660 et 1682 ; — CINNA, édition originale ; — MITHRIDATE, ESTHER, ATHALIE, éditions originales ; — LA PRINCESSE D'ÉLIDE, Paris, 1668 ; — RABELAIS, 1556 et 1663 ; — BALZAC, 20 vol. in-8° ; — LE SONGE DE POLYPHILE, Alde 1499 ; — GULLIVER, édition originale ; — WALTER SCOTT, trad. de Defauconpret, 32 vol. ; — SCARRON, 12 vol. anc. rel. mar. ; — MONTESQUIEU, œuvres, aux armes de Grammont ; — FLORIAN, 13 vol. in-8° grand papier vélin ; — VOLTAIRE, *Kehl*, 70 vol. in-8°, fig. de Moreau ; — J.-J. ROUSSEAU, 27 vol. in-8° grand papier ; — DIDEROT, 22 vol. in-8° ; — LAMARTINE, œuvres, 40 vol. in-8° ; — VICTOR HUGO, 24 vol. in-8° ; — DISCOURS sur l'Hist. universelle, par Bossuet, édition originale ; — BOCCATIUS de genealogia Deorum, 1532, in-folio, exemplaire de GROLIER ; — H. MARTIN, 17 vol. in-8° ; — SAINT-SIMON, 20 vol. in-8° ; — THIERS, 30 vol. in-8° ; — HISTOIRE GÉNÉRALE DE PARIS, 11 vol. in-4° et atlas ; — BRUNET, 6 vol. grand in-8° ; — PRINCIPIA TYPOGRAPHICA, 3 vol. in-f° ; — BIOGRAPHIE UNIVERSELLE, 45 vol. grand in-8° ; — BAYLE, 16 vol. in-8° ; — ENCYCLOPÉDIE MODERNE, 45 vol. in-8° ; — DICTIONNAIRE DE LA CONVERSATION, 16 vol. grand in-8°, ETC., ETC.

PARIS

ADOLPHE LABITTE

LIBRAIRE DE LA BIBLIOTHÈQUE NATIONALE

4, Rue de Lille, 4

—

1874

Paris. — Typographie Georges Chamerot, rue des Saints-Pères, 19.

CATALOGUE

DES PLUS

BEAUX LIVRES

IMPRIMÉS ET DES MANUSCRITS

DU CABINET DE M. M***

ORDRE DE LA VENTE.

Nᵒˢ 7   à 162.
   1   à   6.
163 à 184.

CONDITIONS DE LA VENTE.

La vente se fait au comptant.

Les acquéreurs payeront, en sus du prix d'adjudication, 5 centimes par franc, applicables aux frais.

Les réclamations seront reçues jusqu'au mercredi, 11 février 1874, à midi ; passé ce délai les livres ne seront repris pour aucune cause.

Il y aura exposition le dimanche 8 février de 2 à 5 heures.

Le libraire, chargé de la vente, remplira les commissions des personnes qui ne pourraient y assister.

Paris. — Typographie de Georges Chamerot, rue des Saints-Pères, 19.

CATALOGUE

BEAUX LIVRES

IMPRIMÉS ET DES MANUSCRITS

DU CABINET DE M. M***

La vente aura lieu le lundi 9 février 1874
à une heure et demie très-précise

Hôtel des commissaires-priseurs, rue Drouot

SALLE Nº 4, AU PREMIER

Par le ministère de Mᵉ DELBERGUE-CORMONT, commissaire-priseur
Rue de Provence, 8

Exposition le dimanche 8 février, de 2 heures
à 5 heures.

PARIS

ADOLPHE LABITTE

LIBRAIRE DE LA BIBLIOTHÈQUE NATIONALE
4, rue de Lille, 4.

—

1874

CATALOGUE

DES PLUS

BEAUX LIVRES

IMPRIMÉS ET DES MANUSCRITS

DU CABINET DE M. M***

MANUSCRITS.

1. DECRETALES..... gr. in-fol. relié en bois.

MANUSCRIT DU XIIIe SIÈCLE, SUR VÉLIN. Il est écrit sur deux colonnes, avec lettres onciales rubriquées au nombre de plus de mille. La glose entoure le texte sur toutes les marges ; l'écriture est très-serrée. Le volume est composé de 226 feuillets d'un vélin remarquable par la taille et le choix.

Ce manuscrit des Décrétales des Papes est divisé en cinq parties principales :

1° JUSTE JUDICARE (5 livres).

2° INCIPIT LIBER PRIMUS DE INSTITUTIONIBUS (5 livres).

3° POST COMPILATIONEM DECRETORUM FACTAM, etc. (5 livres). C'est à la fin de cette partie que se trouve une souscription qui semble prouver que cet immense recueil a été écrit sous Innocent III.

4° FIRMITER SIMPLICITAS... (5 livres).

5° INCIPIUNT DECRETALES DOMINI HONORII, PAPÆ (5 livres).

2. HORÆ..... pet. in-4, relié en velours rouge.

SUPERBE MANUSCRIT SUR VÉLIN, du quinzième siècle, composé de 12 feuillets pour le calendrier, et de 225 feuillets pour les prières.

Toutes les pages sont ornées de riches bordures. Celles du calendrier et celles des grandes miniatures le sont sur toutes leurs marges, les autres pages sur leurs marges extérieures.

Ce beau manuscrit contient 23 grandes miniatures, dont les plus remarquables sont : l'Annonciation, la Trinité, David, saint Adrien, l'archange Raphaël, saint Christophe et saint François.

L'état de conservation de ce manuscrit est irréprochable.

3. Horæ..... in-4, mar. vert. (Chiffre sur les plats, reliure ancienne.)

Manuscrit sur vélin, du quinzième siècle, très-richement orné ; toutes les pages sont entourées d'entrelacs en or et en couleurs.

Il contient 22 petites miniatures, dans le calendrier, et 15 grandes miniatures. Ce beau manuscrit est incomplet du premier et du dernier feuillet.

Dans les ornements des pages se trouvent des armoiries.

4. Præces piæ..... pet. in-8, mar. bl., titre en couleurs sur l'un des plats.

Manuscrit du quinzième siècle, sur vélin. Il est composé de 183 feuillets, et il est orné de 45 petites miniatures. Le calendrier et 120 feuillets sont entourés d'arabesques et de sujets grotesques sur fond en or ; on remarque sur les marges les signatures de *Chatillion* et de Blanche de Myoland.

5. CHRONICA EUSEBII, HIERONYMI, CUM SUPER-ADDITIS PROSPERI...... in-folio relié en bois.

Très-beau manuscrit italien, sur vélin, de la fin du quinzième siècle.

Il se compose de 76 feuillets. La première page est encadrée par une miniature sur fond or, avec lettres initiales ; au bas de la page sont les armoiries d'un évêque.

6. Palmerii Florentini de temporibus. Ad Petrum Cosme Filium Medicem...... in-folio, reliure en bois.

Très-beau manuscrit italien de la fin du quinzième siècle, sur vélin très-blanc. C'est la chronique de Palmerius qui fait suite à la chronique d'Eusèbe (n° précédent), jusqu'en l'année 1448. Ce manuscrit est composé de 82 feuillets. La première page est ornée d'un encadrement de couleurs, avec grandes lettres en or et les armes d'un évêque.

LIVRES IMPRIMÉS.

THÉOLOGIE.

7. La Sainte Bible, avec les dessins de Gustave Doré. *Tours, Mame*, 1866, 2 vol. in-folio cartonnés.

7 *bis*. La Sainte Bible, traduite par Lemaistre de Sacy. *Paris, Furne*, 1844, 4 vol, gr. in-8, fig. sur acier, mar. n. fil. tr. dor.

Bel exemplaire. 12

8. Psalterium Davidis, ad exemplar Vaticanum anni 1592. *Lugduni (Batav.), apud Joh. et Dan. Elsevirios*, 1653, pet. in-12, mar. r. fil. tr. dor. (*Chambolle.*)

Joli exemplaire, grand de marges. Hauteur : 132 millim.

9. L'HISTOIRE DU VIEUX ET DU NOUVEAU TESTAMENT , par le sieur de Royaumont. *Paris, Pierre le Petit,* 1670, gr. in-4, fig. mar. r. fil. tr. dor. (*Chambolle-Duru.*)

Édition originale. Bel exemplaire, conforme à la description du Manuel, et très-grand de marges (28 cent. de haut.).

10. LES ÉVANGILES des dimanches et fêtes de l'année, texte revu par M. l'abbé Delaunay. *Paris, L. Curmer, s. d.*, 2 vol. gr. in-8, en 104 liv.

Splendide publication, composée de 400 pages de texte encadrées dans les plus riches ornements, avec 100 miniatures.

11. HORÆ DIVÆ VIRGINIS MARIÆ secundum usum Romanum..., cum multis figuris Bibliæ novi-

ter insertis... *Finit officium... Parisiis noviter im-
pressum, opera Egidii Hardouyn et Germani Hardouyn.* (Calendrier de 1511 à 1536), in-8, maroquin rouge dentelle, tr. dor. (*Rel. anc.*)

IMPRIMÉ SUR VÉLIN, signatures a, 1 ; o, 4. Bel exemplaire de ces heures, dont toutes les pages sont encadrées de figures sur bois. Les sujets sont très-variés. Les 14 grands bois et les petits sujets des offices des saints sont peints en or et en couleur. Quelques passages ont été biffés autrefois et en portent encore les traces.

12. Incipit Summa edita a sancto Thoma de Aquino de articul. fidei et eccie (ecclesiæ) sacramentis. *S. l. et a.* In-4, goth. de 15 ff. à 27 lign. à la page, mar. bleu, dent. doublé de mar. r. et de tabis, tr. dor. (*Bozérian.*)

Suivant le catalogue du duc de la Vallière, cet opuscule aurait été imprimé à Cologne par Ulrich Zell, vers 1470.
L'exemplaire est très-grand de marges et parfaitement conservé.

13. LES ORAISONS FUNÈBRES de Bossuet, avec des notices, par M. Poujoulat. *Tours, A. Mame,* 1869, in-8, portr. et fig. à l'eau-forte, par V. Foulquier, demi-rel. dos et coins de mar. viol. tête dor. n. rog. (*David.*)

Exemplaire en grand papier de Hollande.

14. ORAISON FUNÈBRE de Henriette-Anne d'Angleterre, duchesse d'Orléans, prononcée à Saint-Denis le 21 d'aoust 1670, par messire Jacques-Bénigne Bossuet. *Paris, Sébast. Mabre-Cramoisy,* 1670, in-4, demi-rel.

Édition originale.

15. ORAISON FUNÈBRE de Marie-Thérèse d'Autriche, infante d'Espagne, reine de France et de Navarre, prononcée le 1er septembre 1683, par messire Jacques-Bénigne Bossuet. *Paris, Sébast. Mabre-Cramoisy,* 1683, in-4, cart.

Édition originale.

16. ORAISON FUNÈBRE de très-haute et très-puissante princesse Anne de Gonzague de Clèves, prononcée

dans l'église des Carmélites le 9 aoust 1685, par
messire Jacques-Bénigne Bossuet. *Paris, Sébast.
Mabre-Cramoisy*, 1685, in-4, v. br. (*Ancienne
reliure.*)

Édition originale. Exemplaire de la bibliothèque de l'abbaye royale de
Faremoutier. Or il est question, à la page 7, de cette abbaye où avait été
élevée Anne de Gonzague.

17. Thomæ à Kempis de Imitatione Christi libri IV.
Parmæ, ex imperiali typographia (Bodoni), 1807,
in-12, fig. ajoutée, mar. bl. tr. dor. (*Capé.*)

18. ELÉVATIONS A DIEU sur tous les mystères de la
religion chrétienne, par messire J.-B. Bossuet.
Paris, J. Mariette, 1727, 2 vol. in-12, v. f. fil.
tr. dor. (*Ottmann-Duplanil.*)

Bel exemplaire de l'édition originale.

19. LE DÉSERT DE DÉVOTION qui est un traicté plai-
sant, utile et proffitable à toutes manières de gens
dévots et curieux, séculiers ou réguliers... (À la
fin :) Cy fine ce présent livre intitulé le Désert de
la Passion. Et a esté composé par frère Henri
Caupin. *Imprimé nouvellement à Paris par Jean
Bonfons, demeurant en la rue Neufve Nostre-Dame.
S. d.*, pet. in-8, goth. fig. sur bois, mar. br. fil. à
froid, ornem. tr. dor. (*Chambolle-Duru.*)

L'auteur, dont le nom se trouve dans un acrostiche placé à la fin du volume, était frère mineur du couvent d'Abbeville, ainsi qu'il est dit dans
l'édition citée par M. Brunet, qui n'indique pas celle-ci. L'ouvrage contient
plusieurs pièces de vers français.

20. LES MŒURS DES CHRESTIENS, par M. Fleury. *Paris, veuve Gervais Clouzier*, 1682, in-12, mar. br.
jans. tr. dor. (*Hardy-Mennil.*)

Édition originale.

21. EPISCOPUS, opus tripartitum ethico-politico-sa-
crum Sperellus Eugubinus italico sermone scrip-
sit, Hannibal Adami Firmanus, idiomate latino
donabat. *Romæ, Nic.-A. Tinassius*, 1670, in-fol.
mar. r. rich. compart. tr. dor. (*Rel. anc.*)

Riche reliure, aux armes du cardinal Altieri. Exemplaire de dédicace.

*

22. Pensées de M. Pascal sur la religion et sur quelques autres sujets, qui ont esté trouvées après sa mort parmy ses papiers. *Paris, Guill. Desprez,* 1670, in-12, vél.

Édition originale, 334 pages.

23. LES IMAGINAIRES et les Visionnaires, par le sieur de Damvilliers. *Liége, Adolphe Beyers (Elz.),* 1667, 2 vol. pet. in-12, v. gr.

Exemplaire portant la signature de RACINE.

24. RESPONSE au livre de M. l'évesque de La Vaur intitulé Examen et Jugement du livre de la fréquente communion (par Antoine Arnauld). *S. l.,* 1644, in-4. mar. r. fil. (*Du Seuil.*)

25. Politique tirée des propres paroles de l'Écriture sainte, ouvrage posthume de messire Jacques-Bénigne Bossuet. *Bruxelles, Jean Léonard,* 1721, 2 vol. pet. in-8, 2 frontisp. gr. mar. bl. fil. dos orné, tr. dor. (*Derome.*)

Bel exemplaire.

26. RUDIMENTA FIDEI CHRISTIANÆ, græcè, nunc primum in lucem editus. *Per Robertum Stephanum,* 1551, in-16, 126 pp. et la souscription, réglé, vélin.

Superbe exemplaire de l'ouvrage de Calvin, traduit par Henri Estienne. Première édition et premier livre imprimé à Genève par Robert Estienne. 135 millim. de hauteur.

27. HISTOIRE ECCLÉSIASTIQUE DES ÉGLISES RÉFORMÉES au royaume de France, en laquelle est descrite au vray la renaissance et accroissement d'icelles depuis l'an 1521 jusques en l'année 1563; leur règlement ou discipline, synodes, persécutions tant générales que particulières, noms et labeurs de ceux qui ont heureusement travaillé; villes et lieux où elles ont esté dressées, avec le discours des premiers troubles ou guerres civiles, desquelles la vraye cause est aussi déclarée (*par Théodore de*

Bèze). A Anvers, de l'imprimerie de Jean Remy, 158o, 3 vol. pet. in-8, mar. r. fil. tr. dor. (*Hardy.*)

Très-bel exemplaire.

28. L'ALCORAN DES CORDELIERS, tant en latin qu'en françois, ou Recueil des plus notables bourdes et blasphèmes impudens de ceux qui ont osé comparer saint François à Jésus-Christ, tiré (par Érasme Albert) du grand Livre des conformités, jadis composé (en latin) par frère Barthélemi de Pise, cordelier en son vivant (et trad. en françois par Conrad Badius). *Amsterdam,* 1734, 2 vol. in-12, fig. de Ed. Picart, mar. r. fil. tr. dor.

Aux armes de Mme de Pompadour. Exemplaire restauré.

PHILOSOPHIE.

29. L. Annæi Senecæ philosophi Opera omnia (J. F. Gronovii ad L. et M. Annæos Senecas notæ). *Amstelodami, apud Elzevirios,* 1659, 3 vol. pet. in-12, frontisp. gr. et 2 portr. mar. bl. compart. tr. dor. (*Simier.*)

Bel exemplaire réglé, très-grand de marges. Hauteur : 137 millim.

30. NOUVELLE COLLECTION des Moralistes anciens, publiée sous la direction de Lefèvre. *Paris, Lecou,* 185o, 17 vol. in-16, papier vélin non rogné.

31. DE LA SAGESSE, par M. Pierre le Charron. *Bourdeaus, Simon Millanges,* 16o1, pet. in-8, mar. br. jans. tr. dor. (*Allô.*)

Édition originale.

32. DE LA SAGESSE, trois livres, par Pierre Charron. *Leide, Jean Elsevier, s. d.,* pet. in-12, titre gravé, mar. r. fil. coins ornés à la du Seuil, dos orné, tr. dor. (*Rel. du temps.*)

Bel exemplaire de l'édition la plus recherchée. Hauteur : 130 millim.

33. De la Sagesse, trois livres, par Pierre Charron. *Amsterdam, Louys et Daniel Elzevier*, 1662, pet. in-12, titre gravé, mar. v. jans. dent. intér. tr. dor. (*Duru.*)

Bel exemplaire. Hauteur : 131 millim.

34. LES CARACTÈRES DES PASSIONS, par le sieur de la Chambre. *Paris, P. Rocolet*, 1648, 2 vol. in-4, front. gravé, mar. r. compart. à petits fers, tr. dor. (*Mouillures.*)

Très-belle reliure de Le Gascon; un chiffre sur les plats.

35. LES CARACTÈRES de Théophraste, traduits du grec, avec les Caractères ou les mœurs de ce siècle (par la Bruyère). *Paris, Est. Michallet*, 1688, in-12, mar. r. fil. tr. dor. (*Chambolle-Duru.*)

Seconde édition. Très-rare.

36. De la Recherche de la Vérité, par N. Malebranche. *Paris, Chr. David*, 1721, 4 vol. in-12, mar. bl. tr. dor. (*Rel. anc.*)

Bel exemplaire, qui porte sur l'un des feuillets de garde : *Ex dono Petri de Fleury, episcopi Carnotensis.*

37. La Vie et l'esprit de Spinosa, par M. de Boulainvilliers. 2 vol. in-4, mar. r. fil. dos orné, tr. dor. (*Rel. anc.*)

Beau manuscrit très-bien écrit, contenant, le premier volume 394 pages, et le deuxième 478 pages. Aux armes de MIRABEAU.

38. Essais de morale contenus en divers traitez sur plusieurs devoirs importans (par P. Nicole). *Suivant la copie imprimée à Paris (Amsterdam, Daniel et veuve Daniel Elzevier)*, 1672-82, 4 vol. pet. in-12, vélin.

M. Motteley dit que D. Elzevier s'est surpassé dans ces volumes. (*Aperçu... sur les Elzeviers*, p. 26.) Il indique la date de 1672 à 1680. Notre exemplaire est ainsi composé : Tome I, 1672; tome II, 1682; tome III, 1680; tome IV, 1678.

Joli exemplaire.

39. Des Natures et complexions des hommes, et d'une chacune partie d'iceux, et aussi des signes par les-

quels on peut discerner la diversité d'icelle, par
Jaques Aubert Vandomois, médecin. *Paris, par la
vefve Pierre du Pré,* 1572, in-16, mar. bl. compart. tr. dor. *(Capé.)*

Petit livre curieux.

40. Traité du choix et de la méthode des études,
par M. Claude Fleury. *Paris, P. Aubouin,* 1687,
in-12, mar. br. jans. tr. dor. *(Hardy-Mennil.)*

Édition originale.

SCIENCES NATURELLES ET MÉDICALES.

41. C. Plinii Secundi Historiæ naturalis libri XXVII.
Lugduni Batavorum, ex officina Elzeviriana, 1633,
3 vol. pet. in-12, mar. br. fil. tr. dor.

Exemplaire grand de marges. Hauteur : 128 millim.

42. Œuvres complètes de Buffon mises en ordre
par Richard, suivies du progrès des sciences depuis
Buffon, par G. Cuvier, avec supplément. *Paris,
Delangle,* 1827, 34 vol. gr. in-8, demi-rel. non
rognés.

Bel exemplaire en grand papier vélin, figures coloriées.

43. D'Orbigny. Dictionnaire d'histoire naturelle.
Paris, 1841, 16 vol. gr. in-8, demi-rel. mar. v.

Bel exemplaires, *figures coloriées.*

44. GALENI extra ordinem classium libri,... *Venetiis, apud hæredes Lucæ Antonii Juntæ,* 1541, in-
fol. encadr. historiés et gravés sur bois autour du
titre, mar. br. à compart. tr. dor.

Bel exemplaire de CANEVARIUS, médecin du pape Urbain VIII, avec
sa devise, et le médaillon qu'il avait adopté pour ses livres, représentant le
char d'Apollon,
Il a figuré à la vente Libri en 1859, ensuite dans la bibliothèque de
M. L. Double (n° 355), et en dernier lieu à celle de M. Techener (avril 1865).
Cet exemplaire est restauré, et les coins de la marge supérieure sont usés.

BEAUX-ARTS.

45. LES EMAUX DE PETITOT, du Musée impérial du Louvre, gravés par Ceroni. *Paris, Blaizot,* 1862, 2 vol. in-4, fig. mar. br. non rogné, fleurs de lis sur les plats.

Bel exemplaire.

46. Notice des peintures et sculptures placées dans les appartements et dans les jardins du palais de Saint-Cloud. *Paris, Vinchon,* 1845, in-8, mar. viol. comp. tr. dor. *(Ginain.)*

Exemplaire de la reine MARIE-AMÉLIE, de la Bibliothèque du Palais-Royal.

47. CRISPIN DE PAS. Figures de l'Énéide et de l'Iliade. *S. d.,* 2 parties en 1 vol. pet. in-4, obl. vél.

Jolies suites, formant ensemble 37 planches à toutes marges. Premières épreuves.

48. HEPTAMÉRON DE LA REINE DE NAVARRE. Soixante-douze figures de Freudenberg, grav. par Delongueil et autres et front. par Dunker, In-8, v. gr.

49. LA FONTAINE. Suite de vingt-cinq vignettes de MOREAU, avant la lettre, y compris le portrait, lettre grise, pour les OEuvres de la Fontaine publiées par Lefèvre.

50. BÉRANGER. Suite complète des dessins de H. Monnier, tirés en couleurs pour les Chansons de Béranger, 40 planches. In-8, en ff.

Exemplaire à toute marge.

POETES ANCIENS.

51. Publii Virgilii Maronis Bucolica, Georgica et Æneis... *Londini, impensis J. et P. Knapton,* 1750, 2 vol. gr. in-8, figures et vignettes d'après l'antique, mar. r. fil. et large dent. *(Belle rel. anc.)*

Bel exemplaire.

52. Quintus Horatius Flaccus : accedunt nunc Danielis Heinsii de Satyra Horatiana libri duo... *Lugd. Batav., ex offic. Elzeviriana,* 1629, 3 part. en un vol. pet. in-12, frontisp. gr., mar. br. fil. dos et plats ornés à froid, tr. dor.

Joli exemplaire. Hauteur : 126 millim.

53. QUINTI HORATII FLACCI Poëmata... annotationibus instar commentarii illustr. a Joan. Bond. *Amstelodami, apud Daniel. Elzevirium,* 1676, in-12, vél. fil. tr. dor.

Bel exemplaire, grand de marges. Hauteur : 134 millim.

54. QUINTI HORATII OPERA. *Londini, Pine,* 1733, 2 vol. in-8, fig. mar. br. dent., tr. dor. (*Reliure anglaise.*)

Bel exemplaire de cette célèbre édition, entièrement gravée. Exemplaire de **PREMIER TIRAGE**, très-rare.

55. LES MÉTAMORPHOSES D'OVIDE, traduction nouvelle avec le texte latin, par M. G.-E. Villenave. *Paris, F. Gay,* 1806-1807, 4 vol. in-8, fig. de Le Barbier, Monsiau et Moreau, demi-rel., dos et coins de mar. v. tête dor. n. rog. (*Malet.*)

Belles épreuves.

56. OVIDE. Les Métamorphoses, trad. en vers, par Desaintange. *Paris, Desray,* 1808, 4 vol. gr. in-8, v. f. fil. tr. dor.

Exemplaire en grand papier, figures de Gravelot.

POETES FRANÇAIS.

57. Le Roman du Renart, publié d'après les monuments de la Bibliothèque du Roi des xiiie, xive et xve siècles, par M. D.-M. Méon. *Paris, Treuttel et Würtz,* 1826, 4 vol. in-8, figures de Desenne, broché.

Exemplaire en grand papier vélin, avec les figures avant la lettre et les eaux-fortes.

58. Poésies de Clotilde de Surville, poëte français du xv⁰ siècle; nouvelle édition, publiée par C. Vanderbourg. *Paris, Nepveu,* 1825, 2 part en un vol. in-18, fig. color. d'après Cotin, mar. r. fil. dor. (*Arnaud.*)

59. OEuvres de François Villon, avec les remarques de diverses personnes (Eusèbe de Laurière, Lé Duchat et Formey). *La Haye, Adrien Moetjens,* 1742, in-8, v. f. fil. tr. dor. (*Niedrée.*)

Bel exemplaire.

60. LES OEUVRES DE CLÉMENT MAROT, de Cahors, valet de chambre du roy. Augmentées d'un grand nombre de ses compositions nouvelles, le tout soigneusement par luy-mesmes reveu et mieulx ordonné, comme l'on voyrra cy–après. *Lyon, Estienne Dolet,* 1542, pet. in-8, mar. br. fil. tr. dor. (*Masson-Debonnelle.*)

Édition des plus rares.

61. Les OEuvres de Clément Marot de Cahors, reveues et augmentées de nouveau. *La Haye, Adrien Moetjens,* 1700, 2 vol. pet. in-12, mar. r., larges dent. tr. dor.

Bel exemplaire en ancienne reliure. (Hauteur : 127 millim.)

62. Ronsard. Les OEuvres. *Lyon, pour Thomas Soubron,* 1592, 5 vol. in-16, v. caractères italiques.

Édition très-rare, citée dans le Manuel seulement, sur un exemplaire incomplet. Celui-ci est très-complet. Le tome II est plus court que les autres volumes.

63. Les OEuvres de P. de Ronsard. (Commentaires, par Muret, Richelet, etc., avec le recueil des pièces retranchées.) *Paris, Nic. Buon,* 1617, 11 tom. en 5 vol. in-12, portr., mar. vert, tr. dor. (*Petit.*)

64. L'Encyclie des secrets de l'éternité, par Guy le Fèvre de la Boderie. *Anvers, impr. de Christofle Plantin,* 1570, pet. in-4, mar. r. fil. tr. dor. (*Rel. anc.*)

65. Art poétique françois (par Th. Sibillet), avec le Quintil Horatian sur la Défense et illustration de la langue françoise (de J. du Bellay), par Ch. Fontaine. *Paris, veuve J. Ruelle,* 1573, in-16, v. f. fil. (*Petit.*)

A la suite des ouvrages ci-dessus se trouvent les deux traités d'E. Dolet : *De la Ponctuation et des Accens de la langue françoise.*

66. Sonnets spirituels… avec quelques autres petits traités poétiques, par Jacques de Billy (de Guise), abbé de S. Michel en l'Her. (l'Herm en Poitou). *Paris, N. Chesneau,* 1577, in-16, mar. br. tr. dor. (*Chambolle-Duru.*)

67. La Galliade, ou de la Révolution des arts et sciences, par Guy le Fèvre de la Boderie. *Paris, Guill. Chaudière,* 1578, in-4, mar. r. fil. tr. dor. (*Hardy.*)

68. Les Trois Livres des Météores, avec autres œuvres poétiques (sonnets, baisers, odes, bergeries, pescheries, etc.), par Isaac Habert. *Paris, J. Richer,* 1585, in-12, mar. r. tr. dor. (*Chambolle.*)

69. Quatrains spirituels de l'Honneste Amour, par Y. R. S. (Yves Rouspeau, Saintongeois). *Paris, J. Houzé,* 1586, pet. in-12, mar. bl. tr. dor. (*Thibaron.*)

70. La Guisiade. A M. Charles de Lorraine, duc de Mayenne, pair et lieutenant-général de l'Estat royal et couronne de France. (*S. l. ni d.*), 1589, pet. in-12, 12 feuillets, mar. r. tr. dor. (*Thibaron.*)

Petit poëme rare sur la mort du duc Henri de Guise, à Blois.

71. Polymnie, du Vray Amour et de la Mort (recueil de sonnets), avec quelques stances et quatrains spirituels, par Jacques Doremet, Vandomois. *Paris, Nic. Gilles,* 1596, in-12, mar. br. tr. dor. (*Hardy-Mennil.*)

Volume de poésies, rare.

****

72. Le Plaisir des champs, divisé en quatre livres selon les quatre saisons de l'année, par Claude Gauchet. *Paris, Abel l'Angelier,* 1624, in-4, mar. citr. fil. à froid, tr. dor.

Le recueil des mots de vénerie est plus court de marges.

73. Diverses Poésies de Jean Regnault de Segrais, gentilhomme normand. *Paris, Ant. de Sommaville,* 1658, in-4, portr. par Flamen, mar. n. (*Anc. rel.*)

Aux armes du marquis d'Entragues.

74. Les OEuvres satyriques du sieur de Courval-Sonnet, gentilhomme virois. *Paris, Rolet-Boutonné,* 1622, in-8, portr., v. éc. tr. dor.

75. OEuvres complètes de Saint-Amant, nouvelle édition, précédée d'une notice et accompagnée de notes, par M. Ch.-L. Livet. *Paris, P. Jannet,* 1855, 2 vol. in-16, mar. r. fil. tr. dor.

Exemplaire sur papier de Chine.

76. Les Divertissemens du sieur Colletet, seconde édition, reveue et augmentée par l'autheur. *Paris, Jacques Dugast,* 1633, in-8, mar. jans. tr. dor. (*David.*)

77. Poésies chrestiennes d'Ant. Godeau, évesque de Grasse. *Paris, veuve J. Camusat,* 1646, in-12, front. gr. v. ant. fil. tr. dor. (*Niedrée.*)

78. Paraphrase des Pseaumes de David, par Antoine Godeau, évesque de Grasse et de Vence. *Paris, veuve J. Camusat,* 1648, in-4, mar. r. fil. tr. dor. (*Rel. anc.*)

Exemplaire du chancelier Séguier, avec ses armes et son chiffre sur le dos et les plats du volume.

79. La Lyre du jeune Apollon, ou la Muse naissante du petit de Beauchasteau. *Paris, Ch. de Sercy,* 1657, 2 part. en 1 vol. in-4, portr. mar. r. large dent. tr. dor. (*Petit.*)

Portrait de l'auteur, et 22 portraits des principaux personnages du temps.

80. Les Muses gaillardes, recueil des plus beaux esprits de ce temps, par A. D. B. (Du Brueil), Parisien. *Paris, impr. d'Ant. Du Brueil, s. d.,* in-12, titre gr. mar. r. jans. tr. dor. (*Chambolle-Duru.*)

81. La Rome ridicule du sieur de Saint-Amant. (*S. l. ni d.*), pet. in-12, mar. orange, jans. tr. dor. (*Thibaron.*)

Joli exemplaire.

82. Les Œuvres de feu M. de Bouillon. *Paris, Louis Billaine,* 1663, in-12, mar. bl. fil. tr. dor. (*Hardy-Mennil.*)

83. Contes et nouvelles en vers, par M. de la Fontaine. *Amsterdam,* 1762, 2 vol. in-8, fig. mar. orange, riches compart. tr. dor. (*Chambolle-Duru.*)

Deuxième tirage de l'édition des Fermiers généraux, avec des figures doubles (le Cas de conscience couvert et découvert, le Diable de Papefiguière découvert seulement) et les culs-de-lampe séparés. Belles épreuves.

84. Contes et nouvelles en vers, par J. de la Fontaine. *Londres, Cazin,* 1780, 2 vol. in-32, v. f. fil. tr. dor.

Figures de Desrais.

85. Fables de la Fontaine, avec fig. gravées par MM. Simon et Coiny. *Paris, impr. de Didot l'aîné,* 1787, 6 vol. in-18, pap. vél. mar. r. fil. tr. dor. (*Rel. anc.*)

Charmant exemplaire. Premier tirage des figures.

86. Œuvres poétiques de Boileau, avec des notices par M. Poujoulat. *Tours, A. Mame,* 1870, in-8, portr. et fig. à l'eau-forte, par V. Foulquier, dem.-rel., dos et coins de mar. tête dor. n. rog. (*David.*)

Exemplaire en grand papier de Hollande.

87. FABLES ou histoires allégoriques, par Mme de
Villedieu. *Paris, Cl. Barbin,* 1670, in-12, mar.
or. fil. tr. dor. (*Allo.*)

Joli exemplaire d'un volume rare.

88. Madrigaux de M. D. L. S. (de la Sablière). *Paris, Cl. Barbin,* 1680, in-12, mar. orange, fil. tr.
dor. (*David.*)

Édition originale.

89. Recueil de Noëls provençaux, composés par le
sieur Nicolas Saboly. *Avignon, Fr. Mallard,* 1724,
pet. in-12, mar. r. fil. (*Rare.*)

A la fin quelques cantiques ajoutés; court de marges, et piqûres de vers
raccommodées.

90. La Ligue, ou Henry le Grand, poëme épique, par
M. de Voltaire. *Genève, J. Mokpap,* 1723, in-8,
vél.

Édition originale.

91. CHOIX DE CHANSONS, mises en musique par
M. de la Borde, ornées d'estampes par Moreau
(et autres artistes). *Paris, de Lormel,* 1773, 4 vol.
gr. in-8, demi-rel.

Exemplaire non rogné. Belles épreuves. Exemplaire dans sa première
reliure. Signature sur le titre et la première planche du tome IV remontée.

92. FABLES, PAR DORAT. *La Haye, et se trouve à
Paris chez Delalain,* 1773, in-8, fig. de Marillier,
mar. r. fil. tr. dor. (*Rel. anc.*)

Exemplaire en grand papier de Hollande. Belles épreuves.

93. L'ART D'AIMER et poésies diverses de Bernard.
Paris, impr. de Didot jeune, an III, in-8, fig.
d'Eisen et Martini, mar. r. dent. tr. dor. (*Rel. anc.*)

Exemplaire en grand papier vélin.

94. OEUVRES POISSARDES DE VADÉ. *Paris, Defer de
Maisonneuve,* 1796, in-4, v. m. fil. tr. dor.

Figures imprimées en couleurs. Celle de la *Vente à la criée* est remarquable.

95. OEUVRES D'ÉVARISTE PARNY. *Paris, Debray,* 1808,
5 vol. in-12, demi-rel. mar. non rog.

96. ALFRED DE MUSSET. OEuvres complètes. *Paris,
Charpentier,* 1865, 10 vol. in-4 cartonnés *non
rognés.*

Exemplaire en grand papier de Hollande, avec les dessins de Bida, sur
chine. Cet exemplaire est recouvert en papier japonais de toutes les couleurs.

POETES ÉTRANGERS.

97. LA DIVINE COMÉDIE de Dante Alighieri; l'Enfer,
traduction française accompagnée de notes, par
Moutonnet de Clairfons. *Florence et Paris, Le
Clerc,* 1776, in-8, mar. r. fil. tr. dor. (*Derome.*)

Très-bel exemplaire en papier fort.

98. L'ENFER DE DANTE, avec les dessins de Gust.
Doré, traduction française. *Tours, Mame,* 1865,
gr. in-fol. cart. (*figurés sur chine.*)

99. IL PETRARCHA con l'espositione di Giov. A.
Gesualdo. *In Venetia, apresso Alessandro Griffio,*
1581, in-4, fig. sur bois, v. réglé, à compart. tr.
dor. et peintes.

Superbe reliure italienne du seizième siècle, riches compartiments, petits
fers et mosaïque. Très-belle tranche, avec dessins en or et en couleurs.

100. IL PETRARCA con narrazione del suo coronamento
di Sennuccio, Fiorentino; vita del poeta ed an-
notazioni. *Londra,* 1796, 2 vol. in-12, pap. vél.
mar. bl. fil. tr. dor.

Aux armes de la duchesse de Berry.

101. ARIOSTO, Castiglione, Fracastoro, Sanazzaro,
Casa, canzonieri del secolo XVI. *Venezia,* 1787,
pet. in-8, fig. mar. r. fil. tr. dor.

Aux armes de la duchesse de Berry.

102. JÉRUSALEM DÉLIVRÉE, poëme du Tasse, nouvelle traduction (par Lebrun, duc de Plaisance).

Paris, Musier, 1774, 2 vol. gr. in-8 maroquin, r. large, dentelle tr. dor.

Bel exemplaire réglé, orné des figures de Gravelot, et des grands culs-de-lampe tirés à part.

103. Componimenti lirigi de' più illustri poeti d'Italia, scelti da T. J. Mathias. *Londra,* 1802, 3 vol. in-12, portr. et fig. mar. citr. dent. tr. dor.

Aux armes de la duchesse de Berry.

THÉATRE.

104. LE THÉATRE DE P. CORNEILLE, reveu et corrigé par l'autheur. *Imprimé à Rouen, et se vend à Paris, chez Aug. Courbé,* 1660, 3 vol. in-8, *figures et titres gravés,* v. b.

Édition très-rare et bien complète. Elle contient toutes les pièces publiées jusqu'en 1660. Exemplaire dans sa première reliure et très-grand de marges (163 millim. de hauteur).

105. LE THÉATRE DE P. CORNEILLE, reveu et corrigé par l'autheur. *Paris, Guill. de Luyne,* 1682, 4 vol. in-12, v. gr.

Édition très-importante, et la dernière revue par Pierre Corneille. Exemplaire dans sa première reliure et très-grand de marges (146 millim.).

106. CINNA, ou la Clémence d'Auguste, tragédie (par P. Corneille). *Paris, Toussainct Quinet,* 1643, pet. in-12, front. gr. mar. r. dos orné, fil. tr. dor. (*Trautz-Bauzonnet.*)

Première édition in-12, donnée la même année que l'édition originale in-4. Joli exemplaire.

107. OEUVRES DE CORNEILLE, avec les notes de tous les commentateurs. *Paris, F. Didot,* 1854, 12 vol. in-8, rel. maroq. r. tr. sup. dor. portraits et figures.

108. RACINE. Mithridate, tragédie, par M. Racine. *Paris, Cl. Barbin,* 1673, in-12, vélin.

Édition originale.

109. Esther, tragédie tirée de l'Escriture sainte (par J. Racine). *Paris, Cl. Barbin*, 1689, in-12, fig. mar. citr. fil. dos orné, tr. dor. (*Thompson*).

Première édition in-12. Bel exemplaire, grand de marges.

110. Athalie, tragédie tirée de l'Écriture sainte (par J. Racine). *Paris, Claude Barbin*, 1692, in-12, frontisp. gr. cart.

Première édition in-12. Rare.

111. OEuvres complètes de Molière, avec les notes de tous les commentateurs ; édition publiée par Aimé-Martin *Paris, Lefèvre*, 1824, 8 vol. in-8, papier vélin, d. rel. mar. r. n. rog.

De la Collection des classiques français.

111 *bis*. Les Plaisirs de l'Isle enchantée, ou la Princesse d'Elide, comédie de Molière. *Paris, Jean Guignard,* 1668, in-12, n. rel.

Première édition séparée de la pièce de Molière. Elle est citée par M. Brunet, dans la série des éditions originales de Molière.

112. Le Malade imaginaire, comédie meslée de musique et de danse, par M. de Molière. *Sur la copie imprimée à Cologne, Rouen, Ant. Maurry,* 1680, pet. in-12, mar. bl. fil. à fr. dent. intér. tr. dor. (*Duru.*)

Édition rare, donnée sur l'édition de Cologne, 1674, qui offre des différences assez considérables dans plusieurs scènes avec celle de 1682.

113. Cornélie, vestale, tragédie (par Louis Fuselier et le présid. Hénault). *Imprimée à Strawberry-Hill (de l'imprimerie d'Horace Walpole),* 1768, in-8, mar. or. dent. doub. de tabis non rog.

Édition rare.

113 *bis.* Pygmalion. Scène lyrique de J.-J. Rousseau, mise en vers par Berquin. *Paris,* 1775, in-8 demi-rel.

Belles épreuves des gravures d'Eisen.

114. ALCESTE, tragédie-opéra en trois actes. *Paris,
Delormel,* 1776, in-4 maroq. r. fil. tr. dor.

Aux armes de Mme Adélaïde, fille de Louis XV.

115. Maria Stuart, ein Trauerspiel von Schiller.
Tubingen, in der J. G. Cotta'schen Buchhandlung,
1801, in-8, mar. br. fil. à fr. dent. intér. tr. dor.
(*Trautz-Bauzonnet.*)

Édition originale.

ROMANS.

116. LUCII APULEII Metamorphoseos liber, ac non-
nulla alia opuscula ejusdem : necnon epitoma
Alcinoi in disciplinarum Platonis desinunt. *Im-
pressa per Henricum de Sancto Urso in Vicentia,
anno M cccc LXXXVIII,* in-fol. lettres rondes,
mar. r. jansén. dent. intér. tr. dor. (*Thibaron-
Échaubard.*)

Édition très-rare, la seconde d'APULÉE. Exemplaire très-grand de
marges.

117. Les OEuvres de M. Francois Rabelais, contenant la vie, faicts et dicts heroïques de Gargantua
et de son filz Pantagruel. Avec la Prognostication
Pantagrueline. *S. l.,* MDLVI, in-16, mar. r. fil.
et orn. tr. dor. (*Capé.*)

Charmante édition en très-petits caractères. Très-rare. Joli exemplaire.

118. LES OEUVRES DE M. FR. RABELAIS. *S. l.* (*Elz.*),
1663, 2 vol. pet. in-12, mar. citr. fil. tr. dor.
(*Chambolle-Duru.*)

Charmant exemplaire, avec témoins. 133 millim.

119. Rabelais. Les OEuvres, nouvelle édition avec
des remarques (par Le Duchat). *Amsterdam,*
1711, 6 tomes en 3 vol. pet. in-8 v. f. fil. tr. dor.
(*Bozérian.*)

120. RABELAIS. OEuvres, suivies de remarques. *Paris, Bastien, an VI*, 3 vol. **gr. in-8**, v. f. dent. tr. dor.

Édition ornée de 76 gravures. Exemplaire en grand papier.

121. OEUVRES DE RABELAIS, édition variorum, augmentée de pièces inédites, des Songes drolatiques de Pantagruel. *Paris, Dalibon*, 1823, 9 vol. in-8, fig. de Devéria, v. f. fil. n. rog. (*Ottmann-Duplanil.*)

Très-bel exemplaire.

122. RABELAIS ANALYSÉ, ou Explication de 76 figures gravées pour ses œuvres, augmentée de l'ancienne Clef et de celle de le Motteux, par Francisque Michel. *Paris, J.-N. Barba*, 1830, in-8, portr. et fig. v. f. fil. tête dor, n. rog. (*Ottmann-Duplanil.*)

123. Les Angoysses douloureuses qui procèdent d'Amour, composées par dame Hélisenne de Crenne parlant à la personne de son ami Guenelic. *S. l. n. d.*, 3 part. en 1 vol. pet. in-8, fig. sur bois, mar. r. tr. dor. (*Capé.*)

Édition rare. Le titre de la première partie a été habilement refait par M. Pilinski. Exemplaire provenant de la bibliothèque de M. Desq.

124. DES ESCUTEAUX. Les Traversez Hazards de Clidion en Armiric, par le sieur des Escuteaux. *Paris, François Huby*, 1612, in-12, mar. olive, fil. tr. dor. dos orné. (*Pasdeloup.*)

Joli exemplaire, bien conservé.

125. LES AMOURS de Psyché et de Cupidon, par J. de la Fontaine. *Paris, Defer de Maisonneuve*, 1791, in-4, cart. n. rogné.

Figures en couleurs, d'après les tableaux de Schall.

126. LES AMOURS DE PSYCHÉ ET DE CUPIDON, suivies d'Adonis, poëme, par la Fontaine. *Paris, Leclerc*, 1863, 2 vol. in-18, gr. pap. vél. portr.

d'après Rigault, ajouté, et fig. de **Moreau**, mar.
bl. fil. tête dor. n. rog. (*Belz-Niedrée.*)

Bel exemplaire.

127. Le Roman bourgeois, ouvrage comique, par
Ant. Furetière; nouvelle édition, avec des notes
historiques et littéraires par M. Edouard Four-
nier. *Paris, P. Jannet*, 1854, in-16, br.

Exemplaire sur papier de Chine.

128. Hamilton. Mémoires de Grammont. *Londres,
Edwards, s. d.*, in-4 mar. bl. tr. dor.

Édition rare et belle, ornée de 78 portraits gravés sur les originaux.

129. Les Avantures de Télémaque fils d'Ulysse,
par feu messire François de Salignac de la Motte
Fénelon. *Londres, J. Tonson*, 1726, in-12, figures,
mar. r. fil. tr. dor. (*Rel. anc.*)

Édition rare.

130. Nouveaux Contes à rire et Avantures plaisantes,
ou Récréations françoises. *Cologne, Roger Bon-
temps*, 1722, 2 vol. pet. in-8, fig. mar. v. fil tr.
dor. (*Rel. anc.*)

Bel exemplaire.

131. Acajou et Zirphile, par M. Duclos. *Paris, impr.
de Didot l'aîné*, 1780, in-18, papier fin, mar. bl.
dent. intér. dos orné, tr. dor. (*Bozérian.*)

De la Collection du comte d'Artois. Exemplaire de Pixerécourt.

132. Les Amours du chevalier de Faublas, par
Louvet de Couvray. *Paris, Ambroise Tardieu*,
1825, 4 vol. in-8, d.-rel. non rogné, figures
d'après Collin.

133. Paul et Virginie, par Bernardin de Saint-
Pierre. *Paris, Didot*, 1806, in-4, pap. vél. cart.
non rogné.

Figures de Prudhon et autres.

134. Paul et Virginie, suivi de la Chaumière in-
dienne, par J.-H. Bernardin de Saint-Pierre. *Paris,
L. Curmer,* 1838, gr. in-8, fig. et portraits, chag.
r. dent. tr. dor.

135. Atala, par le vicomte de Chateaubriand, avec
les dessins de Gust. Doré. *Paris, Hachette,* 1863,
in-fol. cart.

136. Pigault-Lebrun. OEuvres. *Paris, Barba,* 1822,
21 vol. in-8. d.-rel.

137. La Confession d'un enfant du siècle, par Alfr.
de Musset. *Paris. F. Bonnaire,* 1836, 2 vol. in-8,
cart. n. rog.

Édition originale.

138. Le Capitaine Fracasse, par Théophile Gau-
tier, illustré de 60 dessins par Gust. Doré. *Paris,
Charpentier,* 1866, gr. in-8 cart. n. rog.

Exemplaire recouvert en papier japonais, à fond or. Cartonnage très-ori-
ginal.

139. Balzac. OEuvres. *Paris, Houssiaux,* 1855,
20 vol. in-8, d.-rel.

Bel exemplaire.

---

140. HYPNEROTOMACHIA POLIPHILI, ubi hu-
mana omnia non nisi omnium esse docet, atque
obiter plurima scitu sane quam digna commemo-
rat... (opus a Franc. Columna compositum et a
Leon. Crasso editum). *Venetiis... in ædibus Aldi
Manutii, MID* (1499), in-fol. nombr. fig. sur bois,
v. br. compart. tr. dor.

Exemplaire avec la devise de Grolier ajoutée sur l'un des plats, quoique
l'exemplaire ne lui ait pas appartenu.

Première édition, ornée de nombreuses et remarquables figures sur bois,
dont les dessins sont attribués à Giovanni Bellino. Ce précieux exemplaire,
bien conservé et dont toutes les figures sont intactes, est l'un des plus grands
connus (32 cent. de hauteur).

141. Voyage de Gulliver (par Swift), trad. en
françois. *Paris, Gab. Martin,* 1727, 2 vol. — Le

Nouveau Gulliver, ou Voyage de Jean Gulliver, fils du capitaine Gulliver, trad. de l'anglois par M. l'abbé de L. D. F. (composé par M. l'abbé Desfontaines). *Paris, veuve Clouzier,* 1730, 2 vol. Ensemble 4 vol. in-12, fig. mar. r. jans. tr. dor. (*Allô*).

Très-bel exemplaire de l'édition originale de la traduction française.

142. WALTER SCOTT. OEuvres, trad. par Defauconpret. *Paris, Furne,* 1830, 32 vol. in-8, d.-rel. v. *figures.*

Très-bel exemplaire, relié par Bauzonnet.

FACÉTIES.

143. Collection de poésies et facéties anciennes, publiées par les soins de P.-S. Caron. *Paris,* 1798-1809, 13 part. en 8 vol. pet. in-8, rel. et br.

Recueil de plusieurs farces, 1612. — Sottie à dix personnages, jouée à Genève, 1523. — La Farce de la querelle de Gaultier Garguille. — Le Jeu du prince des sots, par Gringoire, 1511. — Le Mystère du chevalier qui donna sa femme au diable. — Nouvelle Moralité d'une pauvre fille villageoise. — Le Plat de carnaval. — Opus Morlini. — Chute de la médecine. — Noëls bourguignons, avec la continuation de M. de Montaran. — Chansons folâtres des comédiens.

144. DICÆARCHIÆ HENRICI regis christ. Progymnasmata. *S. l. n. d.,* 1556, pet. in-8 mar. vert fil. (*Pasdeloup.*)

Très-bel exemplaire d'un livre singulier et rare. Raoul Spifame en est l'auteur. Ce volume contient 309 arrêts, *en français,* sur toutes les branches de l'administration. L'auteur suppose que ces arrêts sont rendus par Henri II. Le dernier arrêt commence ainsi : *Pour conserver la santé, aisance et commoditez des manans et habitans de la ville de Paris, le roy ordonne, etc.*

145. Les Contes et Discours d'Eutrapel, par Noël du Fail, seigneur de la Herissaye, *S. l.* (*Paris*), 1732, 2 vol. pet. in-12 mar. r. fil. tr. dor. (*Capé.*)

146. La Fameuse Compaignie de la Lésine, ou Alesne, c'est-à-dire la manière d'espargner, acquérir et conserver... traduction nouvelle de l'italien, de Vialardi. *Paris, Abr. Saugrain,* 1604. —

Continuation des canons et statuts de la fameuse compagnie de la Lésine... trad. de l'italien, du même. *Paris, Abr. Saugrain*, 1604, 2 part. en 1 vol. in-12, mar. r. jans. dent. intér. tr. dor. (*Duru.*)

147. Les Jeux de l'inconnu, avec le Herti ou l'Universel, la Blanque des marchands meslez, les Discours du ris et du ridicule, etc. (par Adr. de Montluc, comte de Cramail, sous le nom de De Vaux). *Paris, T. de la Ruel, P. Rocolet (et autres)*, 1630, 4 part. en 1 vol. in-8, front. gr., mar. r. fil. (*Hardy.*)

« C'est un recueil de morceaux de genres différents, les uns sérieux, les autres bouffons, dans lesquels on trouve à ramasser quelques détails de mœurs, surtout quelques portraits satiriques, entre autres celui de Bautru. »

148. Le Tombeau de la mélancholie, ou le Vray Moyen de vivre joyeux, par le sieur D. V. G. *Paris, Ch. Sevestre*, 1634, in-12, mar. vert, dent. tr. dor. (*Biziaux.*)

Joli exemplaire de Méon.

149. Les Priviléges du C***, dialogue. *A Cologne*, 1698, pet. in-12, front. gr., mar. v. fil. tr. dor. (*Capé.*)

Exemplaire de MM. Pieters et Desq.

150. Cinq Dialogues faits à l'imitation des anciens, par Oratius Tubero (La Mothe Le Vayer). *Mons, Paul de la Flèche*, 1671, pet. in-12, mar. bl. tr. dor. (*Chambolle.*)

Jolie édition, imprimée par D. Elzevier.

POLYGRAPHES.

151. ŒUVRES DIVERSES DE M. POPE, traduites de l'anglois (par différens auteurs, recueillies par Elie de Joncourt). *Amsterdam, Arkstée et Merkus*, 1754, 6 vol. in-12, mar. r. fil. tr. dor. (*Rel. anc.*)

Jolie édition, ornée des figures de Punt.

152. SCARRON. OEuvres. *Paris, David,* 1752, 12 vol. in-12, mar. r. fil. tr. dor.

Charmant exemplaire de Viollet-le-Duc, en reliure ancienne.

153. OEuvres choisies de M. l'abbé de Saint-Réal. *Londres (Cazin),* 1783, 4 vol. in-32, mar. v. fil. tr. dor.

Aux armes de Mme Victoire, fille de Louis XV.

154. OEUVRES DE MONTESQUIEU, contenant : l'Esprit des loix ; — Lettres persanes et Considérations sur la grandeur des Romains. *Amsterdam et Leipsick, Arkstée et Merkus,* 1764, 6 vol. in-12, mar. vert, fil. tr. dor.

Aux armes de la duchesse de Grammont.

155. OEUVRES DE FLORIAN. *Paris, Briand,* 1823, 13 vol. in-8, demi-rel. cuir de Russie non rogné.

Bel exemplaire, en grand papier vélin. Figures sur chine.

156. VOLTAIRE. OEuvres, publ. par Beaumarchais. *Kehl, Société typographique,* 1784, 70 vol. in-8, v. rac. *Figures de Moreau.*

Bonnes épreuves.

157. J.-J. ROUSSEAU. OEuvres. *Paris, Dalibon,* 1825, 27 vol. in-8, demi-rel.

Exemplaire en grand papier vélin. Figures sur chine.

158. DIDEROT. OEuvres, publiées par Naigeon. *Paris,* 1820, 22 vol. in-8, demi-rel.

Très-rare.

159. CHATÉAUBRIAND. OEuvres. *Paris, Dufour-Mulat et Boulanger,* 1858, 20 tomes en 10 vol. gr. in-8, demi-rel. ch. n. figures sur acier.

160. LAMARTINE. OEuvres complètes. *Paris, chez l'auteur,* 1860-63, 40 vol. in-8, demi-rel. mar. ébarbés.

Très-bel exemplaire de cette édition, devenue rare.

161. LAMARTINE. Cours familier de littérature. *Paris, chez l'auteur*, 1856-69, 28 vol. gr. in-8, mar. noir.

Bel exemplaire.

162. VICTOR HUGO. OEuvres. *Paris, Houssiaux*, 26 t. en 24 vol. in-8, demi-rel. mar.

Bel exemplaire.

HISTOIRE.

163. DISCOURS sur l'Histoire universelle, pour expliquer la suite de la religion et les changemens des empires, par messire Jacques-Bénigne Bossuet. *Paris, Sébast. Mabre-Cramoisy*, 1681, in-4, portr. mar. r. jans. tr. dor. (*Hardy.*)

Édition originale. Bel exemplaire.

164. DISCOURS sur l'Histoire universelle, par messire J.-B. Bossuet. *Paris, Sébast. Mabre-Cramoisy*, 1681, in-4, v. gr.

Édition originale. Exemplaire grand de marges, et dans sa première reliure. Un nom effacé sur le titre.

165. JOANNIS BOCATII de genealogia Deorum libri quindecim, cum annotationibus Jacobi Mycilli, ejusdem de montium, sylvarum, fontium, lacuum, fluviorum... *Basileæ, apud Jo. Hervagium*, 1532, in-fol. v. br. compart. et dent. tr. dor.

EXEMPLAIRE DE GROLIER, avec sa devise. Cet exemplaire a figuré aux ventes Coste et Libri. M. Coste l'avait fait restaurer.

166. HISTOIRE DES ORDRES MILITAIRES ou des chevaliers, des milices séculières et régulières de l'un et de l'autre sexe qui ont été établies jusques à présent, tirée de l'abbé Giustiniani, du P. Bonani, de M. Herman, etc., et un Traité historique de M. Basnage sur les duels. *Amsterdam, P. Brunel*, 1721, 4 vol. pet. in-8, fig. mar. citr. fil. tr. dor. (*Rel. anc.*)

Très-bel exemplaire.

167. Henri Martin. Histoire de France. *Paris, Furne*, 1861, 17 vol. in-8, demi-rel. fig.

Bel exemplaire.

168. Les Mémoires de messire de Commines, sieur d'Argenton. *Leyde, chez les Elzeviers*, 1468, petit in-12, titre gr. vél.

Joli exemplaire, grand de marges. Hauteur : 131 millim.

169. Histoire du roy Henry le Grand, composée par messire Hardouin de Péréfixe. *Amsterdam, Louys et Daniel Elzevier*, 1661, pet. in-12, frontisp. gr. mar. r. fil. dos orné de fleurs de lis et d'H. tr. dor. (*Hardy-Mennil.*)

Première édition elzévérienne. Bel exemplaire. Hauteur : 139 millim.

170. Saint-Simon. Mémoires. *Paris, Hachette*, 1856, 20 vol. in-8, demi-rel. mar. rouge non rogné.

Bel exemplaire.

171. Mercure de France, dédié au roy, septembre 1725, janvier, février, juin, novembre 1726, janvier et juin 1727, 8 vol. in-12, mar. rouge, fil. dos fleurdelisé, tr. dor.

Aux armes de *Marie Leczynscka*, reine de France.

172. Thiers. Histoire de la Révolution française. — Histoire du Consulat et de l'Empire. *Paris, Furne*, 30 vol. in-8, demi-rel. mar. figures.

Bel exemplaire, de reliure uniforme.

172 *bis*. Journal de l'expédition des Portes de fer, rédigé par Charles Nodier. *Paris, Imprmerie royale*, 1844, gr. in-8. pap. vél. fig. sur chine, cart. n. rog.

Très-rare.

173. Histoire générale de Paris, publiée sous les auspices du baron Haussmann. *Paris, Imprimerie nationale*, 1860-73, 11 vol. in-4 et l'atlas, in-fol.

Exemplaire bien complet, avec le dernier volume, publié par M. Alfred Franklin.

174. Histoire de Dauphiné (par Chorier). *Grenoble, Ph. Charuys*, 1674, 2 vol. pet. in-12, v. gris. fil. t. r. (*Bel exemplaire.*)

175. Conjuration des Espagnols contre la république de Venise en l'année 1618 (par l'abbé de Saint-Réal). *Paris, Claude Barbin*, 1674, in-12, v. f. fil. tr. dor. (*Petit.*)

Édition originale.

176. Histoire de l'état présent de l'empire ottoman, contenant les maximes politiques des Turcs; les principaux points de la religion mahométane, ses sectes, ses hérésies et ses diverses sortes de religieux, etc., trad. de l'anglois de M. Ricaut, par M. Briot. *Amsterdam, Abraham Wolfgank*, 1670, pet. in-12. front. gr. et fig. mar. r. jans. tr. dor. (*Duru.*)

Bel exemplaire.

BIBLIOGRAPHIE.

177. Manuel du Libraire et de l'Amateur de livres, par J.-Ch. Brunet, cinquième édition. *Paris, F. Didot*, 1860, 6 vol. gr. in-8, demi-rel. dos et coins de mar. r. doré en tête, non rogn.

Bel exemplaire.

178. Principia typographica. The block-books, or xylographic delineations of scripture history, issued in Holland, Flanders and Germany during the xv century... by Samuel Sotheby. *London, by Walter Mac-Dowall*, 1858, 3 vol. in-fol. nombr. fac-simile de grav. sur bois et d'impression gothique, demi-rel. et coins de mar. r. n. rog.

Il n'a été tiré qu'un petit nombre d'exemplaires de ce beau livre, qui donne les fac-simile des éditions xylographiques du quinzième siècle.

179. Guide de l'Amateur de livres à vignettes du xviii᷎ siècle, contenant la description d'un choix

de plus de 45o ouvrages illustrés par Boucher, Cochin, Gravelot, Moreau, **Marillier**, Monnet, etc., par Henry Cohen. *Paris, P. Rouquette,* 1870, in-8, demi-rel, dos et coins de mar. n. r. tr. sup. dor.

180. Catalogue des livres manuscrits et imprimés de la bibliothèque de M. A. Cigongne, précédé d'une notice bibliographique, par Le Roux de Lincy. *Paris,* 1861, gr. in-8, demi-rel. dos et coins de mar. r. n. r. dorés en tête.

Exemplaire en grand papier vélin.

BIOGRAPHIE.

181. BIOGRAPHIE UNIVERSELLE. *Paris, Toisnier-Desplaces,* 45 vol. gr. in-8, demi-rel. mar. non rogné.

Très-bel exemplaire.

182. BAYLE. Dictionnaire historique. *Paris, Desoer,* 1820, 16 vol. in-8, v. f.

Très-bel exemplaire d'une édition estimée et rare.

ENCYCLOPÉDIES.

183. ENCYCLOPÉDIE MODERNE. *Paris, Didot,* 1858, 45 vol. in-8. demi-rel., y compris six volumes d'atlas.

184. DICTIONNAIRE de la Conversation et de la Lecture. *Paris, Firmin Didot,* 1865, 16 vol. gr. in-8, demi-rel. v. f.

FIN.

RED. :

21

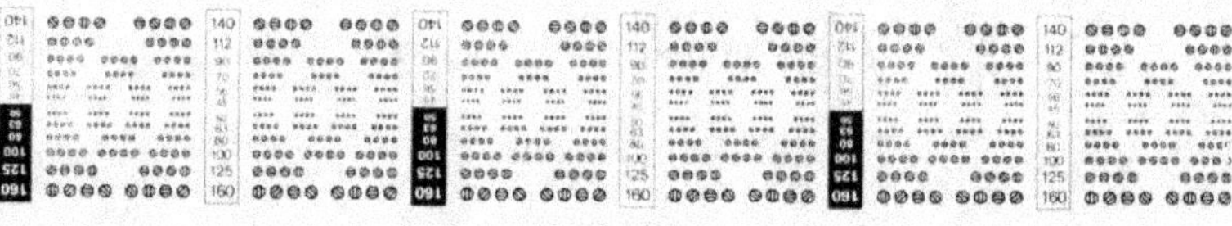

MIRE ISO N° 1
NF Z 43-007
AFNOR
Cedex 7 - 92080 PARIS-LA-DÉFENSE
graphicom
0 1 2 3 4 5 6 7 8 9 10

BIBLIOTHEQUE NATIONALE DE FRANCE

****

CHATEAU DE SABLE

1995